Sommaire

Les temps

Savoir s'exprimer

Éviter les pièges de la langue anglaise

Le prétérit *be + -ing*

4

Les ingrédients

À QUOI SERT LE PRÉTÉRIT *BE + -ING* ?

- On emploie le prétérit *be + -ing* pour parler d'une action qui **était en cours de déroulement dans le passé**.

Exemple : *She was reading a book.*

- Bien souvent, on trouve le prétérit en *be + -ing* dans une **phrase contenant aussi du prétérit**. Le **prétérit** vient alors **couper l'action en déroulement**.

Exemple : *I **was dancing** when my mother **came** home.* → J'étais en train de danser quand ma mère est rentrée à la maison.

Was dancing est un verbe conjugué au prétérit *be + -ing* et ***came*** est conjugué au prétérit simple.

J'ai donc réussi à exprimer que j'étais en train de danser quand ma mère est rentrée à la maison : le fait que ma mère rentre a coupé mon action de danser.

- Le prétérit *be + -ing* peut également indiquer un état de **lassitude** ou d'**agacement** chez la personne qui prononce la phrase.

Exemple : *What a shame she couldn't come out, she was still studying.* → Quel dommage qu'elle n'ait pas pu sortir, elle était encore en train d'étudier.

On sous-entend que c'est une action que la personne fait trop régulièrement et qui agace le locuteur (celui qui parle).

- Il peut aussi servir à montrer qu'une **action a duré beaucoup trop longtemps**.

Exemple : *Martha had an exam on Monday and was studying for hours.* → Le locuteur indique que Martha a passé beaucoup trop de temps à reviser son contrôle.

COMMENT LE CONSTRUIRE

Construire une phrase au prétérit *be + -ing*

À la forme affirmative	À la forme négative	À la forme interrogative
Sujet + *was/were* + verbe-*ing*.	**Sujet + *wasn't/weren't* + verbe-*ing*.**	***Was/Were* + sujet + verbe-*ing*?**
Exemples : *I was **play**ing. You were **sing**ing.*	**Exemples :** *I wasn't **play**ing. You weren't **sing**ing.*	**Exemples :** *Was she **play**ing? Were you **sing**ing?*

On utilise « ***was*** » avec les **première** et **troisième personnes du singulier**, et « ***were*** » avec **toutes les autres personnes**.

La recette pour réussir

SAVOIR FAIRE

Comment construire une phrase au prétérit *be + -ing*

- Ne pas oublier d'ajouter *was* ou *were* devant le verbe en *-ing*.
- Construire d'abord des phrases simples de type sujet + verbe + complément. Puis étoffer les phrases en les rendant plus complexes.

Exemple : *I was swimming in the pool yesterday.*
→ *When she saw me, I was swimming in the pool.*

ASTUCES DU CHEF

- Bien conjuguer *was/were* et ne pas oublier d'ajouter *-ing* à la fin du verbe.
- Attention aux verbes d'une syllabe qui se terminent par une voyelle prise entre deux consonnes : bien souvent, on **double** la **consonne finale**.

Exemple : *swim* → *swimming*.

À VOS FOURNEAUX – EXERCICES BREVET

1 Traduisez les phrases suivantes.

1. Je suis arrivé à l'école quand la cloche était en train de sonner. (*the bell* = la cloche)
2. Mon chat mangeait quand je l'ai attrapé.
3. Les voleurs couraient quand les policiers les ont arrêtés.
4. Ils étaient en train de nager quand John est tombé dans l'eau.
5. Nous étions en train de parler quand le chien a mordu Jane.

2 Mettez les verbes entre parenthèses au prétérit *be + -ing*.

1. I .... (study) Science for my test.
2. He .... (not do) his homework.
3. They .... (not play) rugby because they think is boring.
4. .... they .... (listen) to music when you opened the door?
5. She .... (go) to the cinema, but her friends didn't come.

3 Complétez le texte en utilisant le prétérit simple ou le prétérit *be + -ing*.

It .... (be) a rainy day of November. We .... (come) from school at 2 o'clock. We .... (not be) very hungry but we .... (be) too cold. While we .... (walk) with my umbrella, we .... (find) a coin. It .... (not be) a normal coin, it .... (be) a strange coin. What should we do? Maybe, we .... (have) to put the coin where we .... (find) it. We .... (do) this. But we .... (walk) on the street when a tall man .... (ask) us for the coin. So, we .... (tell) him that the coin .... (be) at the beginning of the street.

▶ Corrigés en fin d'ouvrage

Le *present perfect be + -ing* 6

Les ingrédients

À QUOI SERT LE *PRESENT PERFECT BE + -ING* ?

- Le *present perfect be + -ing* sert à décrire **une action en cours**, contrairement au *present perfect* simple qui fait le bilan d'une action.
Exemple : *I've been studying Chinese for three years.* → Au moment où je parle, j'indique que l'action d'apprendre le chinois est toujours en cours : je continue de l'apprendre même si j'ai commencé il y a trois ans.

- Il s'emploie avec des **verbes d'état** comme *stand, lie, live…*
Exemple : *I've been living in London since 2013.* → J'habite à Londres depuis 2013.

> Les **verbes d'état** sont des verbes qui **servent à exprimer une idée abstraite** (croire, savoir…), des **émotions** (aimer, détester…), la **perception** (entendre, voir…) ou la **possession** (avoir, posséder…).

- Il marque aussi une **action dont on peut constater les résultats**.
Exemple : *You've been crying, your eyes are red.* → Je sais que la personne a pleuré car ses yeux sont rouges. Je constate donc quelque chose qui me permet de déduire la situation initiale.

- Il sert à indiquer une **habitude temporaire** ou la **répétition d'une action**.
Exemple : *I've been collecting shells since I was a child.* → Je collectionne les coquillages depuis que je suis enfant.

- Il est aussi très souvent employé pour parler d'une **action en cours** avec des **marqueurs de temps**, comme ***for*** et ***since***, lorsqu'on ne fait pas le bilan de cette action.
Exemple : *I've been playing the piano since I was six years old.*

COMMENT LE CONSTRUIRE

Construire une phrase en employant le *present perfect be + -ing*

À la forme affirmative

Sujet + *have* conjugué au présent simple + *been* + verbe-*ing*.

Exemples : *I have been swimming for two hours. She has been crying for ten minutes.*

À la forme négative

Sujet + *have not* (ou *haven't*) conjugué au présent simple + *been* + verbe-*ing*.

Exemple : *I haven't been watching many TV shows lately.*

À la forme interrogative

Have conjugué au présent simple + sujet + *been* + verbe-*ing*?

Exemple : *Have you been following the news?*

La recette pour réussir

SAVOIR FAIRE

Comment construire une phrase au *present perfect be + -ing*

Ne pas oublier de conjuguer *have* à la personne qui convient : à la troisième personne du singulier, il devient *has*.

ASTUCES DU CHEF

- N'oubliez pas que l'action décrite par le verbe au *present perfect be + -ing* est en cours de déroulement. Elle n'est pas terminée au moment où l'on parle.
- ***Been*** ne change jamais de forme et il s'emploie dans **toutes les phrases** au *present perfect be + -ing*.

À VOS FOURNEAUX – EXERCICES BREVET

1 Conjuguez le verbe au *present perfect* simple ou au *present perfect be + -ing*.

1. Look! Somebody .... (break) that window.
2. You look tired. .... (you/work) hard?
3. .... (you/ever/work) in a factory? No, never.
4. Is it still raining? No, ... (it/stop).
5. .... (I/read) the book you lent me but .... (I/not finish) it yet.

2 Traduisez les questions suivantes.

1. Depuis combien de temps apprends-tu l'arabe ?
2. Depuis combien de temps est-ce qu'elle t'attend ?
3. As-tu attrapé des poissons ?
4. Combien de personnes as-tu invitées à la fête ?
5. Depuis combien de temps enseigne-t-elle ?

3 Choisissez la forme correcte du verbe.

1. She's **been knowing/known** her best friend for 5 years.
2. You've **seen/been seeing** me for a long time.
3. He's **been forgetting/forgotten** to take his wallet.
4. My eyes are red because I've **been crying/cried**.
5. They've **lived/been living** in Paris since they were born.

▶ Corrigés en fin d'ouvrage

VOCABULARY

Running: *actuel, coulant.* **Safe:** *sûr, en sécurité.* **Sharp:** *tranchant, perspicace.* **Similar:** *similaire.* **Thick:** *épais (pour une chose).* **Thin:** *fin.* **Unusual:** *inhabituel.* **Useful:** *utile.* **Useless:** *inutile.* **Weak:** *faible.* **Weird:** *bizarre, étrange.* **Contrary to:** *à l'inverse de.* **Unlike:** *à la différence de.* **Instead:** *à la place.* **Unless:** *à moins que.* **As from:** *à partir de.*

Le *past perfect be + -ing*

8

Les ingrédients

À QUOI SERT LE *PAST PERFECT BE + -ING* ?

- Le *past perfect* en *be + -ing* sert à parler d'une **action en cours** qui a **débuté dans le passé** et qui est **toujours en cours de déroulement** à un **autre moment du passé**. On insiste donc sur la durée de l'action.

Exemples : *She had been swimming for two hours when she had a cramp.* → L'action de nager a commencé dans le passé et a duré deux heures (on insiste sur le fait que ce soit long) quand tout à coup une autre action (la crampe), au prétérit cette fois-ci, est venue la couper.
Yanis had been reading when his mother came in. → Ici encore, même sans indication de durée, on sait que l'action de lire était en cours de déroulement lorsque la mère de Yanis est entrée dans la pièce.

> Les formes en *be + -ing* indiquent toujours une action en cours de déroulement, qu'elle soit dans le passé ou dans le présent.

- Attention, certains verbes ne se mettent pas à la forme *be + -ing* du *past perfect,* comme ***know***, ***want***, les **verbes de possession** et de **relation**, les **verbes de sentiment** (*love, hate*…) et les **verbes de perception** (*hear, smell*…).

COMMENT LE CONSTRUIRE

La construction du *past perfect* en *be + -ing* est quasiment identique à celle du *present perfect* en *be + -ing*, sauf que l'auxiliaire ***have*** **se conjugue au passé** et ne change donc pas selon les personnes.

Construire une phrase en employant le *past perfect be + -ing*

À la forme affirmative	À la forme négative	À la forme interrogative
Sujet + *had* + been + verbe-ing.	Sujet + *had not* (ou *hadn't*) + been + verbe-ing.	*Had* + sujet + been + verbe-ing?
Exemple : *I had been running for two hours when I got tired.*	Exemple : *He hadn't been doing his homework for a week when the teacher caught him.*	Exemple : *Had she been skiing before?*

La recette pour réussir

SAVOIR FAIRE

Comment utiliser le *past perfect* *be + -ing*

• L'auxilaire *have* se conjugue de la même manière pour toutes les personnes : *had*.

• *Been* est toujours placé juste devant le verbe en *-ing*.

ASTUCE DU CHEF

N'oubliez pas *been* qui est présent dans toutes les constructions au *past perfect be + -ing*.

Exemples : *She had been dancing for three hours when she got tired. They had been training for two days before the competition started.*

À VOS FOURNEAUX – EXERCICES BREVET

1 Complétez les phrases suivantes avec le *past perfect* en *be + -ing*.

1. Laura needed a break because she .... (study) for three hours.
2. James .... (learn) English for three years before he moved to London.
3. I didn't go out last night because I .... (work) all day.
4. Carla felt ready for the marathon because she .... (train) all year.
5. We .... (go) out with each other for two years before I met his family.

2 Indiquez s'il faut utiliser le *past perfect* simple ou le *past perfect be + -ing*.

1. They couldn't move their car. Someone (let) their tires down.
2. Until he resigned last month, he (be) finance minister for a year.
3. By May last year, he (live) in Richmond for 10 years.
4. Although I (wait) for an hour, she was nowhere to be seen.
5. When the firefighters got to the scene, the fire (rage) for two hours.

3 Répondez aux questions en utilisant le temps adapté.

1. Had you ever visited the US before your trip in 2006? **(parents in 2003)**
2. Had you been studying Spanish before you moved to Madrid? **(two years)**
3. How come you knew London so well? **(visited several times before)**
4. How long had they been eating before Carol arrived? **(over an hour)**
5. How long had Brian been studying English at school before he moved to London? **(six years)**

▶ Corrigés en fin d'ouvrage

VOCABULARY

Blow up: *exploser (sens propre et sens figuré)/agrandir, zoomer.* **Break away:** *se séparer, quitter un groupe.* **Break down:** *se casser, tomber en panne/s'effondrer (émotionnellement).* **Break up:** *se séparer (relation ou mariage).* **Bring up:** *élever, mentionner.* **Bump into:** *tomber sur quelqu'un.* **Burn out:** *se consumer, s'épuiser.* **Calm down:** *se calmer.* **Carry on:** *continuer.* **Carry out:** *effectuer, suivre (une instruction).*

Méthode : savoir présenter un texte

9

Les ingrédients

SE PRÉPARER AVANT DE RÉPONDRE AUX QUESTIONS

- Avant de se lancer dans la présentation d'un texte, il est important de le **lire en entier plusieurs fois** pour s'assurer d'avoir compris l'essentiel du document.
- Il faut repérer les **lieux**, les **personnages**, le **sujet principal**, la **source** et l'**auteur** s'il y en a.
Il est possible d'utiliser des couleurs pour identifier chaque élément, l'objectif étant de rendre le document le plus visuel possible pour pouvoir retrouver facilement les informations afin de répondre aux questions associées au texte.
- Les questions qui portent sur un texte vont du **plus concret au plus abstrait**. Ainsi, les premières questions permettent de situer le texte dans son contexte, alors que les suivantes permettent d'entrer davantage dans le détail du texte et de comprendre les concepts plus abstraits.

L'ESSENTIEL À RETENIR

- Un **texte ne parle pas**, il ne faut donc pas utiliser une expression du type « *The text speaks about* », mais plutôt :
– *The text deals with ;*
– *The text is about.*
Il est également possible de commencer avec une phrase du type « *the document we are presented with is a text about…* ».
- Pour parler de ce que **contiennent les paragraphes**, on dira :
– *In the first paragraph, in the second paragraph… ;*
– *In paragraph one, in paragraph two…*
- Pour indiquer l'**intention de l'auteur**, ou évoquer **le message** qu'il a voulu transmettre, il est possible d'utiliser les expressions suivantes :
– *The author aims at* + verbe *-ing ;*
Exemple : *The author aims at explaining…*
– *The author's goal is to…*
- Souvent, un exercice de compréhension de texte est suivi d'un exercice d'expression écrite. Voici quelques expressions utiles pour rédiger et organiser sa réflexion :
– *In my opinion ;*
– *To my mind ;*
– *I strongly believe that ;*
– *The text states that ;*
– *I agree ;*
– *I disagree.*

La recette pour réussir

SAVOIR FAIRE

Comment présenter un texte

1. Lire le texte attentivement en surlignant les passages importants.
2. Lire l'ensemble des questions afin de repérer les éléments dans le texte.
3. Commencer par présenter l'auteur, la source et le sujet principal du document.
4. Répondre aux questions dans l'ordre où elles sont posées car elles aident à comprendre les enjeux du document.

ASTUCES DU CHEF

- Avant de vous lancer, vous pouvez repérer le vocabulaire que vous ne comprenez pas. L'essentiel est de ne pas se focaliser sur les mots inconnus mais d'essayer de comprendre l'ensemble de la phrase. Bien souvent, vous comprendrez la phrase même si un mot vous échappe.
- Si vous ne comprenez pas une question ou ne trouvez pas la réponse, ne vous focalisez pas dessus, passez à la suivante et revenez à la question une fois que vous aurez terminé de répondre au reste.

À VOS FOURNEAUX – EXERCICE BREVET

There is a train station in Tokyo where a life-size bronze statue of a dog can be seen. The statue is quite small when you compare it to the huge neon billboards flashing all around it, but it's very easy to find. People have taken up the habit of meeting there since 1934 and there are often hundreds of people waiting in front of the statue for their friends.

The story behind the statue is that a man called Professor Eisaburo Uyeno and his dog Hachiko were inseparable. The professor would take his dog with him to the train station before heading off to work at the Imperial University. When he came back from work, he would find his dog waiting patiently for him. However, one day the professor died at work and never came home.

The bond between the dog and his owner was so strong that Hachiko continued to go to the station every day. He became a sort of national celebrity and street vendors often offered him food.

In 1934, a statue of him was put outside the station. In 1935, Hachiko died at the place he last saw his friend alive.

Lisez le texte puis répondez aux questions suivantes.

1. Hachiko's statue is small in comparison to:
a. life-size dogs. b. huge billboard signs. c. huge neon signs.

2. People get together at the statue of Hachiko because:
a. they like to visit the bronze statue and pray for the dog's soul.
b. it serves as a meeting point for lovers.
c. people await there to meet with their friends.

3. Where did the professor work?
a. In a primary school. b. At a university. c. At a train station.

▶ Corrigés en fin d'ouvrage

La voix passive

10

Les ingrédients

À QUOI SERT LA VOIX PASSIVE ?

- En anglais, la voix passive est utilisée quand on **ne sait pas qui est l'auteur** de l'action ou que l'on veut **mettre l'accent sur l'action** exécutée et non pas sur celui qui fait l'action.

Exemple : *The mouse was eaten by the cat.* → La souris a été mangée par le chat. On connaît celui qui fait l'action mais on choisit de se concentrer sur l'action effectuée plutôt que sur l'agent (celui qui fait l'action).

- Le sujet de la phrase active devient l'objet de la phrase passive et l'**objet de la phrase active** devient le **sujet de la voix passive**.

COMMENT LA CONSTRUIRE

- Pour construire une phrase à la forme passive, il faut partir de la phrase à la forme active et **inverser la position de l'objet et du sujet**. Puis, il faut **conjuguer l'auxilaire *be* au temps du verbe** de la phrase active et ajouter le **participe passé du verbe**.
- Attention, l'objet de la phrase passive est toujours introduit par « ***by*** ».

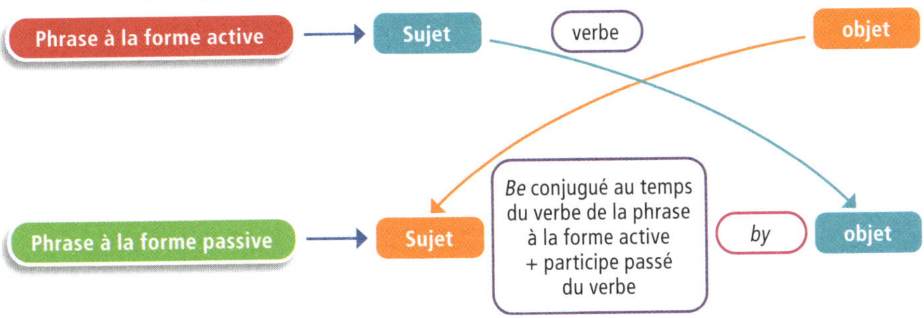

Exemple : *My brother ate all the cake*. Dans cette phrase, « *My brother* » est le sujet, « *all the cake* » l'objet, et « *ate* » est le prétérit du verbe eat. → *All the cake was eaten by my brother.*

- Pour utiliser la voix passive à la forme négative, il faut ajouter « *not* » à l'auxiliaire *be*.

Exemple : *All the cake wasn't eaten by my brother.*

- Pour employer la voix passive à la forme interrogative, on utilise aussi *is* ou *are*, *was* ou *were*. Il faut alors inverser la place du sujet de la phrase passive et l'auxilaire. Ce dernier se place en premier.

Exemple : *Were the jewels stolen by the famous robbers*?

La recette pour réussir

SAVOIR FAIRE

Quel temps utiliser à la voix passive

Il faut repérer le temps du verbe dans la phrase active : il indique à quel temps conjuguer l'auxiliaire *be*. Ainsi, si le verbe est au présent dans la phrase active, alors l'auxiliaire sera aussi au présent dans la phrase passive.

Exemple : *My sister **does** a paiting.*
→ *A painting **is** done by my sister.*

ASTUCES DU CHEF

- Pour vous aider à bien identifier le sujet et l'objet de la phrase active, vous pouvez les souligner ou les surligner.
- Quand le sujet n'est pas connu ou qu'il est peu spécifique, vous pouvez le supprimer totalement dans la forme passive.

Exemple : *Someone stole my wallet.*
→ *My wallet was stolen* (« *by someone* » n'est pas necessaire).

À VOS FOURNEAUX – EXERCICES BREVET

1 Transformez les phrases actives en phrases passives.

1. They grow coffee in Brazil.
2. He examines patients on the second floor.
3. She feeds the animals twice a day.
4. He found the child in the park.
5. They broke the glasses with a stone.

2 Transformez les phrases actives en phrases passives. Attention à bien conserver la forme négative.

1. He doesn't spend money on magazines.
2. I don't make lunch on Sundays.
3. He didn't grow tomatoes in his garden.
4. They didn't fly the planes in the morning.
5. She didn't sing the song after the ceremony.

3 Posez des questions à la voix passive sur les éléments en rose.

1. The car was driven by **Mark**.
2. The plane was flown **over the airfield**.
3. **No**, the vase wasn't broken by the cat.
4. **Yes**, *Material Girl* was sung by Madonna.

▶ Corrigés en fin d'ouvrage

Le discours direct et le discours indirect

11

Les ingrédients

LE DISCOURS DIRECT

- Le discours direct désigne **les paroles prononcées par une personne** sans qu'elles aient été modifiées ou rapportées.

Exemple : *"You look beautiful today", said Henry.*

- Il est utilisé dans les textes littéraire ou dans les dialogues pour **faire avancer l'action** et **retranscrire les paroles** des personnages sans les modifier.

LE DISCOURS INDIRECT

- Le style indirect est utilisé pour **rapporter les paroles de quelqu'un** sans utiliser de guillemets.

Exemple : *Tom: "I'm going to school tomorrow."* → *Tom said that he was going to school the following day.*

- Lorsque l'on utilise ce type de discours, on effectue un « retour en arrière ». Ainsi, les verbes au **présent** dans la **phrase d'origine** seront au **prétérit** dans la **phrase rapportée** et ceux au **prétérit** seront au ***past perfect***.

Exemples : *I **want** to go.* → *He said that he **wanted** to go.*
*I **finished** the work earlier.* → *She said she **had finished** the work earlier.*

- *That* est facultatif, on peut choisir de le préciser ou non, le sens de la phrase ne changera pas.

Exemple : *He said **that** he wanted to go.* → *He said he wanted to go.*

- Au discours indirect, les adverbes de temps et de lieu sont également modifiés.

Au discours direct	Au discours indirect
Yesterday	The day before
Last week/month/year	The week/month/year before
Tomorrow	The following day/The day after/The next day
Next week	The following week/The week after
Ago	Before

Exemple : *Sarah: "I'm going to the cinema with my brother **tomorrow**."* → *Sarah said she was going to the cinema with her brother **the next day**.*

- Enfin, si le discours direct contient une question, alors cette question devient une phrase affirmative dans le discours indirect.

Exemple : *Are you going to Peter's party?* → *He asked if I was going to Peter's party.*

La recette pour réussir

SAVOIR FAIRE

Comment transformer une phrase du discours direct au discours indirect

1. Changer les pronoms personnels, les pronoms ou adjectifs possessifs concernant la personne qui parle.

Ex. : *Bob said "I'm going to see my mother."*
→ *Bob said he was going to see his mother.*

2. Modifier les adverbes de temps et de lieu, les pronoms ou adjectifs démonstratifs.

Ex. : *"I went to London last week."* → *He said he had gone to London the week before.*

3. Changer le temps des verbes.

Ex. : *Sam said "I went to the museum yesterday."*
→ *Sam said he had gone to the museum the day before.*

ASTUCES DU CHEF

- Repérez les différents éléments à modifier avant de commencer à transformer la phrase directe en phrase indirecte.
- Repérez le temps de l'action de la phrase principale pour pouvoir faire un bond en arrière dans le discours indirect.

À VOS FOURNEAUX – EXERCICES BREVET

1 Transformez les phrases affirmatives directes en phrases indirectes.

1. "Angela likes fashion magazines." → She said that she liked fashion m.
2. "Charles is a wonderful person." → She said ....
3. "I'm having a party tomorrow." → He said ....
4. "These are my favourite books." → Nate said ....
5. "We are having a great time." → They said ....

2 Transformez les phrases négatives directes en phrases indirectes.

1. "Sally doesn't like horror films." → Sally said ....
2. "Mary doesn't go to school on foot." → Mary said ....
3. "Richard isn't watching TV." → She said ....
4. "The fireplace isn't working correctly." → They said ....
5. "He doesn't take a bath every day." → Martha said ....

3 Transformez les phrases interrogatives directes en phrases indirectes.

1. "Does Angela like fashion magazines?" → She asked ....
2. "Where is my suitcase?" → He asked ....
3. "Do you enjoy watching TV?" → Ron asked ....
4. "Why do you want to work there?" → They asked ....
5. "How do you come to school" → You asked ....

▶ Corrigés en fin d'ouvrage

Les adverbes de fréquence

13

Les ingrédients

LES ADVERBES DE FRÉQUENCE

- Il existe **dix adverbes de fréquence**, ainsi que des équivalents. Ces adverbes servent à **dire à quelle fréquence** se déroule une action.

Anglais	Français
Always	Toujours
Nearly (almost) always	Presque toujours
Usually, normally	D'habitude
Very often, frequently	Très souvent
Often	Souvent
Sometimes	Parfois
Occasionally	De temps en temps
Hardly ever	Presque jamais
Rarely, seldom	Rarement
Never	Jamais

- Les adverbes sont **invariables**, ils ne s'accordent donc jamais en genre et en nombre.

CONSTRUIRE UNE PHRASE AVEC UN ADVERBE DE FRÉQUENCE

- Pour construire une phrase avec un adverbe de fréquence, il faut respecter l'ordre des mots dans la phrase.

Sujet + **adverbe** + **verbe** + **complément**.

Ainsi, l'adverbe se place avant le verbe et il **ne sépare jamais** le verbe de son complément d'objet.

Exemple : *I rarely dance with my friends*.

- Quand il y a un **auxiliaire**, tel que ***be*** ou ***can***, l'**adverbe** se place **après l'auxiliaire**.

Exemples : *She is never late.*

I can sometimes go to the cinema.

- Pour poser une question ou former des phrases négatives, le principe reste le même, l'**adverbe** ne change pas de place.

Exemples : *Does she often go swimming?*

Erin doesn't always like playing tennis.

La recette pour réussir

SAVOIR FAIRE

Utiliser les adverbes de fréquence

• Il est important d'essayer d'employer les adverbes de fréquence dès que possible et de les varier afin d'enrichir son expression.

• Il n'en existe que dix : essayer de les employer sans utiliser *very*.

ASTUCES DU CHEF

• N'oubliez pas que les adverbes de fréquence ont une place précise dans une phrase : **avant le verbe** ou **après l'auxiliaire**.

• Apprenez par cœur les dix adverbes de fréquence.

À VOS FOURNEAUX – EXERCICES BREVET

1 Récrivez les phrases en plaçant l'adverbe entre parenthèses au bon endroit.

1. He listens to the radio. **(often)**
2. They read a book. **(sometimes)**
3. Pete gets angry. **(never)**
4. Chloe is very friendly. **(usually)**
5. I take sugar in my coffee. **(sometimes)**
6. Ramon and Frank are hungry. **(often)**
7. My grandmother goes for a walk in the evening. **(always)**
8. Walter helps his father in the kitchen. **(usually)**
9. They watch TV in the afternoon. **(never)**
10. Christine draws. **(never)**

2 Récrivez les phrases en mettant les mots dans le bon ordre.

1. usually – in the morning – reads the newspaper – Ella –.
2. he – frequently – is – for class – late –.
3. always – they – happy – are –.
4. help – she – often – does – her mother – ?
5. by 11.30 – is – Ann – generally – in bed –.
6. occasionally – Molly – the museum – visits –.
7. study – you – rarely – for the exam –.

▶ Corrigés en fin d'ouvrage

VOCABULARY

Come up: *trouver, inventer.* **Count on:** *compter sur.* **Cut down:** *réduire, diminuer.* **Deal with:** *s'occuper de, gérer.* **Drop out:** *quitter l'école.* **End up:** *finir, se retrouver (dans une certaine situation).* **Find out:** *comprendre, découvrir.* **Get away:** *sortir, s'échapper, s'en sortir.* **Get out:** *sortir, quitter.* **Give up:** *abandonner, renoncer.* **Differently:** *autrement.* **In other words:** *autrement dit.* **Although:** *bien que.* **That is why:** *c'est pourquoi.* **However:** *cependant.*

A/*an* et *the*/l'article zéro(Ø) 14

Les ingrédients

A OU *AN*

- ***A*** s'utilise devant un mot commençant par **une consonne** et ***an*** devant un mot commençant par **une voyelle**.

Exemples : *a book*, *an animal*.

> Le *h* initial est considéré comme une consonne, sauf dans *honest*, *honour* et *hour* : *an honest citizen*, *an honour*, *an hour*.

- Attention, lorsqu'un nom **commence par le son [j]**, comme dans *you*, il est précédé de **a** et non de ***an***.

Exemple : *a university*.

- Pour indiquer le métier de quelqu'un, on utilise **a** ou ***an***.

Exemple : *She's a teacher.*

THE OU L'ARTICLE ZÉRO

- ***The*** s'emploie pour désigner **quelque chose de particulier**, alors que **l'article zéro** (c'est-à-dire aucun déterminant) s'emploie pour **parler d'un cas général**.

Exemples : *The cat is on the table.* → Je parle d'un chat en particulier.
Cats are mammals. → Je parle d'un cas général, car les chats sont des mammifères.

- Mais attention, ***the*** ne peut pas être utilisé devant les **jours de la semaine**, les **dates**, les **noms de pays**, de **villes**, **devant des titres** ou des **noms indiquant une profession**.

Exemples : *On Mondays I go to the cinema.* → Le lundi je vais au cinéma.
Africa is one of the seven continents. → L'Afrique est l'un des sept continents.
President Obama was the first Black President in the United States. → Le président Obama fut le premier président noir des États-Unis.

> On remarque que *United States*, même si c'est un pays, est défini par *the*, car on dit ***the*** *United States*.

BILAN

- *A*/*an* → Un/une
- *The* → Cas spécifique
- Article zéro (Ø) → Cas général

La recette pour réussir

SAVOIR FAIRE

Comment choisir le bon déterminant

• Si l'on parle d'une chose en particulier, que l'on peut voir ou toucher, alors on utilise *a/an* ou *the*.

• Si c'est plus abstrait, utiliser l'article zéro, c'est-à-dire que l'on ne met pas de déterminant.

ASTUCE DU CHEF

Si vous avez envie de mettre *the* et qu'il ne s'agit pas d'une des exceptions vues précédemment, demandez-vous si l'on parle d'un cas général ou d'une particularité. Si c'est une particularité, alors vous devez mettre *the*.

Ex. : *Americans live on the other side of the world.* → Généralité.

The americans at my table enjoyed the food. → On parle de certains américains : on utilise *the*.

À VOS FOURNEAUX – EXERCICES BREVET

1 Complétez les phrases avec *an, a, the* ou l'article zéro (Ø).

1. English is .... first language spoken in .... UK.
2. However in some remote parts of .... Scotland or in .... Irish countryside you can hear people speak Gaelic.
3. In .... Wales many people speak .... dialect very few foreigners can understand.
4. Even in .... Scotland, they speak English with .... accent.

2 Traduisez les phrases suivantes.

1. Les lions sont des animaux sauvages.
2. Stonehenge est un site intéressant. C'est aussi un site unique.
3. Il nous faudra une heure pour aller au centre commercial.
4. Sherlock Holmes est détective.
5. Oxford est une université célèbre.

3 Ajoutez *a, an, the* ou l'article zéro (Ø).

1. I have just seen .... latest movie by James Cameron.
2. .... freedom is the best thing on Earth.
3. I don't like .... vegetables.

▶ Corrigés en fin d'ouvrage

VOCABULARY

Grow up: *grandir*. **Hang up:** *raccrocher (téléphone)*. **Hold on:** *attendre/s'accrocher* **Join in:** *rejoindre un groupe*. **Knock out:** *assommer*. **Look for:** *chercher*. **Look forward to:** *attendre avec impatience*. **Make up:** *inventer*. **Make up for:** *compenser, rattraper*. **Move in:** *emménager*. **Move out:** *déménager*.

Méthode : savoir décrire une image 17

Les ingrédients

Pour décrire une image, il y a plusieurs éléments à repérer.

ÉTAPE 1

- Tout d'abord, il faut identifier la **nature** et l'**origine** de l'image. S'il s'agit d'une peinture, d'une photo ou encore d'une affiche, etc.
- Si la source est indiquée, il faut préciser **d'où provient l'image**. Par exemple, si c'est une couverture de magazine : lequel ? Quand a-t-il été publié ?
- Ensuite, il ne faut pas oublier de spécifier s'il s'agit d'une image en couleurs ou en noir et blanc, car cela peut fournir des indices pour la suite de l'analyse.

ÉTAPE 2

Décrire le document en s'appuyant sur ce que l'on voit. Attention, à cette étape, il ne faut pas encore proposer une interprétation, mais juste une description.
Exemple : *On the left, there is a man reading a newspaper, he is dressed in red and black and looks quite old. In the centre, I can see a little girl who is riding a bike and her mother is behind her running after the girl.*

Souvent, pour décrire une image, on utilise le **présent *be + -ing***.

ÉTAPE 3

Analyser le point de vue de l'artiste, ce qu'il a voulu exprimer et comment il l'a fait.
Exemple : s'il s'agit d'une photo de guerre, on peut préciser que l'artiste a choisi de montrer les horreurs de la guerre de manière réaliste en utilisant la photographie, ce qui rend la scène encore plus vivante pour le spectateur.

ÉTAPE 4

- Donner **son ressenti** par rapport au document en s'appuyant toujours sur ce que l'on voit.
Exemple : dans le cas de la photo d'une scène de guerre, on peut dire que cela nous met mal à l'aise et nous fait prendre conscience des atrocités de la guerre. Ce sentiment est d'autant plus accentué que nous pouvons voir des corps ou des armes à feu sur la photographie.
- Une fois la description terminée, interpréter **les intentions de l'artiste** en se demandant si son objectif est atteint.
Exemple : si l'image est une publicité, préciser si le message est explicite ou non et ce qui aurait pu le rendre plus clair.

La recette pour réussir

Les différentes parties d'une image					
in the middle	au milieu	*on the left side*	à gauche	*in the top left-hand corner*	en haut à gauche
in the centre	au centre	*on the right side*	à droite	*in the top right-hand corner*	en haut à droite
at the top	en haut	*in the background*	dans l'arrière-plan	*in the bottom left-hand corner*	en bas à gauche
at the bottom	en bas	*in the foreground*	au premier plan	*in the bottom right-hand corner*	en bas à droite

Les différentes sortes d'images					
a photograph	une photographie	*a poster*	une affiche	*a chart/ a graph*	un graphique
a painting	un tableau	*the cover of a book*	la couverture d'un livre	*a cartoon (drawing)*	un dessin humoristique
a drawing	un dessin	*a map*	une carte	*a strip cartoon*	une bande dessinée
an advertisement	une publicité	*a scene from a film*	une scène d'un film	*a speech bubble*	une bulle de bande dessinée

À VOS FOURNEAUX – EXERCICE BREVET

Analysez ce tableau de Joseph Mallord William Turner, intitulé *Snow Storm: Steam-Boat off a Harbour's Mouth* et datant de 1842.

▶ Corrigés en fin d'ouvrage

L'expression du futur

18

Les ingrédients

Pour exprimer le futur en anglais, il existe plusieurs possibilités.

WILL + BASE VERBALE

- On emploie cette formule pour exprimer un **avenir certain**, **quelque chose d'inévitable**.

Exemple : *I **will be** thirty next month.*

- Cette formule est également utilisée pour faire des **prédictions**.

Exemple : *If I get bad marks, Mum **will be** angry.*

- On l'emploie aussi pour parler d'**une décision prise sur le moment**, **au moment où je parle**.

Exemple : *The phone is ringing, I **will answer** it.*

- Enfin, il exprime également la **volonté**.

Exemple : ***Will** you **marry** me?*

À la forme négative ***will*** devient ***won't***. Ex. : *Javier won't go to the party.*

BE GOING TO + BASE VERBALE

- On emploie cette formule pour s'exprimer sur **une décision déjà prise**.

Exemple : *I **am going to go** swimming tomorrow.*

- Cette formule est également utilisée pour faire des **prédictions à partir d'indices**.

Exemple : *Look at those black clouds, it'**s going to rain**.*

Pour utiliser cette formule, **l'auxiliaire *be* se conjugue au présent**.

BE + VERBE-*ING*

- On emploie cette formule pour parler d'**une action déjà prévue**.

Exemples : *We **are** leav**ing** on Tuesday. I **am** play**ing** tennis tomorrow afternoon.*

Pour utiliser cette formule, **l'auxiliaire *be* se conjugue au présent**.

LES SUBORDONNÉES DE TEMPS

On peut aussi exprimer le futur à l'aide des **subordonnées de temps** introduites par *until*, *before*, *as soon as*... Pour les former, le verbe qui suit la préposition est au ***present perfect*** et, pour le suivant, on emploie ***will* + base verbale**.

Exemple : *As soon as you **have finished** your homework you **will come** and play.*

La recette pour réussir

SAVOIR FAIRE

Comment utiliser *will*

- Ne pas oublier *will* dans les subordonnées de temps.
- *Will* est toujours suivi d'une base verbale : le verbe qui suit ne se conjugue pas et il ne faut donc pas mettre de « s » à la troisième personne du singulier.

ASTUCES DU CHEF

- Identifiez le type de futur que vous allez utiliser en fonction de ce que vous souhaitez exprimer.
- Suivez bien les formules d'expression du futur. Toute phrase commence par un sujet, suivi de la formule d'expression du futur et d'un complément s'il y en a besoin.

À VOS FOURNEAUX – EXERCICE BREVET

Complétez chaque phrase en utilisant la formule d'expression du futur qui convient.

1. Look at Jason! He .... (sneeze).
2. Do you think people .... (travel) to the Moon again?
3. Tomorrow we .... (rehearse) a school play in the gym.
4. Tidy your room now or you .... (stay) at home tonight.
5. I .... (make) a shelf for my technology project.
6. Look at that car! It .... (crash) if the driver doesn't slow down.
7. If I don't know the answer, I .... (ask) my elder sister.
8. We .... (have) a picnic next weekend. Would you like to come?
9. I'm sure your parents .... (not, scold) you for getting a D on the maths exam.
10. Patrick .... (watch) a cartoon film with his little sister.
11. Tonight, at 8 o'clock, my parents .... (go) to the theatre with their friends.
12. Pamela looks sad. She .... (cry).
13. Kevin .... (probably, bring) his sister to the party.

▶ Corrigés en fin d'ouvrage

VOCABULARY

Take after: *tenir de, ressembler*. **To scold:** *gronder*. **Think over:** *réfléchir*. **Turn down:** *refuser, rejeter*. **Turn into:** *transformer, se transformer*. **Turn on:** *allumer*. **Turn off:** *éteindre*. **Watch out:** *faire attention*. **Work out:** *faire de l'exercice/résoudre un problème/fonctionner*. **Write down:** *écrire, noter*. **Furthermore:** *de plus*. **All the more so as:** *d'autant plus que*. **In order to:** *dans le but de*.

Les noms dénombrables et indénombrables

21

Les ingrédients

En anglais, il existe deux types de noms

Countable nouns	*Uncountable nouns*
Ce sont les **noms dénombrables**, c'est-à-dire ceux **que l'on peut compter** (on peut dire un, deux, trois, etc.). **Exemples :** *pen, book, chair, table, cat…*	Ce sont les **noms indénombrables**, c'est-à-dire ceux **que l'on ne peut pas compter** (on ne peut pas dire un, deux, trois, etc.). **Exemples :** *flour, water, rice, chocolate…*

- Pour parler de la **quantité d'un nombre indénombrable**, on est obligé de désigner le récipient dans lequel il se trouve.
Exemples : *a bag of flour, a bottle of water, a cup of rice, a bar of chocolate.*
- Il n'est pas possible de dire « une farine », « une eau », « un riz » ou « un chocolat » (même si en français nous employons souvent « un chocolat » pour dire « un morceau de chocolat » ou encore « un café » pour dire « une tasse de café »). L'anglais ne permet pas de dénombrer ces noms : ils sont donc indénombrables.
- Les noms indénombrables peuvent être de la **nourriture**, des **matériaux**, des **choses abstraites**, des **activités**, des **sentiments** ou des **ensembles d'éléments**, etc.

Noms indénombrables				
Nourriture	**Sentiments**	**Activités**	**Choses abstraites**	**Ensemble d'éléments**
Milk	Love	Travel	Time	Advice
Tea	Fun	Transportation	Air	Baggage
Pasta	Wisdom	Art	Heat	Applause
Bread	Knowledge	Poetry	Education	Grass
Beef	Help	Literature	Business	Garbage
Jam	Courage	Chess	Land	Dust
Fruit	Bravery	Judo	Rain	Traffic
Sugar	Curiosity	Yoga	Sunshine	Currency
Honey	Faith	Entertainment	Beauty	Mail
Salt	Grief		Humour	Paper
Cheese	Guilt		Nature	Dirt
Water			Freedom	Homework
Butter				

La recette pour réussir

SAVOIR FAIRE

Comment utiliser les noms indénombrables dans une phrase

- Les noms indénombrables ne se mettent pas au pluriel. Ainsi, on ne peut pas dire *waters* pour demander deux bouteilles d'eau, il faut dire : *two bottles of water.* Car *bottle*, contrairement à *water*, est un nom dénombrable.
- Les noms indénombrables sont suivis d'un verbe conjugué au singulier.

ASTUCE DU CHEF

Ne vous fiez pas au français : certains noms sont dénombrables en français, mais indénombrables en anglais.

Exemples : en français, je peux dire « un meuble », « deux meubles », alors qu'en anglais « meuble » se dit « *furniture* » et est indénombrable. On dira donc « *a piece of furniture* ».

Idem pour « bagage » : il est dénombrable en français et indénombrable en anglais. On dira donc « *a piece of luggage* ».
Vous pouvez également choisir de désigner directement l'objet et parler d'une valise, qui est dénombrable à la fois en français et en anglais.

À VOS FOURNEAUX – EXERCICES BREVET

1 Classez dans un tableau les mots suivants, selon s'ils sont dénombrables ou indénombrables.

Egg – Milk – Tomato – Fish – Fruit – Flower – Bread – Snow – Cake – Apple – Juice – Dress – Lemon – Butter – Salt – Meat – Rice – Potato – Carrot – Grapes – Oil – Cucumber – Sugar – Onion – Plum – Coffee – Tea – Cheese – Cup – Salad – Berry – Chocolate – Money – Orange

2 Complétez les phrases en écrivant le mot correctement.

1. There are three .... (apple) on the plate.
2. I'd like to taste these .... (cookie).
3. Would you like these .... (orange)?
4. This .... (cheese) is too salty.
5. How much .... (water) is there in the bottle?
6. I usually drink .... (milk) in the morning.

3 Corrigez les erreurs

1. These carrot are sweet.
2. I don't like teas at all.
3. I'd like to cut some pear for this salad.
4. There is much waters in this jar.
5. How many sandwich have you bought?
6. You can take four potato from the basket.

▶ Corrigés en fin d'ouvrage

Some, *any*, *no* et leurs composés 22

Les ingrédients

SOME, *ANY* ET *NO*

- ***Some***, ***any*** et ***no*** s'emploient avec des **noms indénombrables**.

- ***Some*** sert à indiquer qu'il y a une **quantité positive**. Il s'emploie dans des **phrases affirmatives**, lorsque l'on souhaite évoquer, par exemple, une certaine quantité de chocolat, de farine, de riz ou d'eau.
Exemple : *There is **some** chocolate in the fridge.* → Il y a **du** chocolat dans le frigo.

- ***No*** sert à indiquer que la **quantité est nulle**. Il s'emploie lui aussi dans des **phrases affirmatives**, même s'il désigne l'absence de l'aliment en question.
Exemple : *There is **no** chocolate in the fridge.* → Il n'y a **pas** de chocolat dans le frigo.

- ***Any*** peut être utilisé dans deux cas :
– quand on souhaite dire **qu'il n'y a pas de quantité** de quelque chose ;
Exemple : *There isn't **any** chocolate in the fridge.*
– quand on **pose une question sur la quantité**.
Exemple : *Is there **any** chocolate in the fridge?* → On ne connaît pas la réponse, ce peut être à 50 % oui et à 50 % non.

> Contrairement à *some*, ***any*** s'emploie dans des **phrases négatives**. On ne peut pas dire « *there isn't some* » ou « *there is any* ».

- Il est également possible de **poser une question avec *some***, mais la question prend alors un sens différent.
Exemple : *Is there some chocolate in the fridge?* → Je suis à 99 % sûr que la réponse sera oui, soit parce que je l'ai vu de mes propres yeux, soit parce que je sais qu'après les courses le chocolat a été rangé dans le frigo. C'est alors une façon détournée de demander à quelqu'un de nous apporter du chocolat.

LES DÉRIVÉS DE *SOME*, *ANY* ET *NO*

- Les dérivés de *some*, *any* et *no* **s'emploient** exactement de la **même façon que les formes simples**.

- Lorsque l'on parle d'une personne, on ajoute *-one* ou *-body* : *somebody*, *anybody*, et *nobody*.
Exemples : *I met someone I knew. Do you know anyone here?*

- Lorsque l'on parle d'une chose on ajoute *-thing* : *something*, *anything*, *nothing*.
Exemples : *He bought something cheap. I can't see anything.*

- Lorsque l'on parle d'un endroit, on ajoute *-where* : *somewhere*, *anywhere*, *nowhere*.
Exemples : *I'm not going anywhere. Did you hide it somewhere?*

La recette pour réussir

SAVOIR FAIRE

Comment utiliser *some, any* ou *no*

Il faut d'abord se demander si le nom que l'on souhaite utiliser est dénombrable ou indénombrable.

→ S'il est dénombrable : aucun problème, on peut dire « un », « deux », etc.

→ S'il est indénombrable : il faut employer *some*, *any* ou *no* pour parler de la quantité de ce nom.

ASTUCES DU CHEF

- Retenez bien que *some* ne s'emploie jamais à la forme négative et *any*, à l'inverse, ne s'emploie jamais à la forme affirmative.
- Lorsque vous posez une question, demandez-vous si vous en êtes sûr à 99 % ou non. Si c'est presque sûr, employez *some*, si ce n'est pas le cas, alors employez *any*.

À VOS FOURNEAUX – EXERCICES BREVET

1 Complétez les phrases avec *some* ou *any*.

1. I am going to buy .... milk.
2. Sam hasn't got .... money.
3. Pam has got .... pens.
4. Have you got .... friends?
5. Dean has bought .... vegetables.
6. I haven't got .... brothers.
7. Polly has sent .... e-mails.

2 Complétez les phrases avec *any* ou *no*.

1. Are there .... pictures in the room?
2. I have .... dogs at home.
3. There aren't .... chairs here.
4. Have you got .... stamps at home?
5. There are .... books on the table.
6. I haven't got .... bananas.
7. They haven't brought .... flowers.

3 En vous aidant des indications entre parenthèses, complétez les phrases avec *some*, *any* ou *no*.

1. Who has .... pencils? (?)
2. There is .... butter on the table. (+)
3. I can't speak .... foreign language. (–)
4. There are .... trees there. (–)
5. I can buy you .... juice. (+)
6. Mike hasn't got .... camera. (–)
7. I'd like .... pizza, please. (+)

▶ Corrigés en fin d'ouvrage

Many, much, a lot of, few, little 23

Les ingrédients

En plus de *some*, *any* et *no*, ***many***, ***much***, ***a lot of***, ***few*** et ***little*** s'appellent des **quantifieurs**, c'est-à-dire qu'ils permettent d'**indiquer une quantité** au nom qu'ils précèdent.

MANY ET *MUCH*

- ***Many*** et ***much*** ont la même signification. Ils permettent de dire qu'une **quantité est importante**, qu'il y a beaucoup de quelque chose.

Exemples : *There are many cats on my street.* → Il y a beaucoup de chats dans ma rue.
I have much money in the bank. → J'ai beaucoup d'argent à la banque.

Comment les utiliser ?

Many	Much
Many s'emploie avec des **noms dénombrables**.	*Much* s'emploie avec des **noms indénombrables**.

LOTS OF ET *A LOT OF*

- Pour indiquer une **grande quantité**, on peut aussi utiliser ***lots of*** ou ***a lot of***. Mais attention à ne pas mélanger les deux : on ne peut pas dire *a lots*. Ce sont deux expressions bien distinctes qui veulent toutefois dire la même chose.
- Cependant, il est préférable d'utiliser un quantifieur tel que *much* ou *many* car ceux-ci sont plus recherchés et montrent une meilleure maîtrise de la langue.

LITTLE ET *FEW*

- ***Little*** et ***few*** sont utilisés pour parler d'une **petite quantité**.

Comment les utiliser ?

Little	Few
Little s'emploie avec des **noms indénombrables**. **Exemple :** *There is little rice left in the box.*	*Few* s'emploie avec des **noms dénombrables**. **Exemple :** *There are few people in the shops.*

- Pour ces deux quantifieurs, on accepte aussi la formule suivante : ***a little*** et ***a few***.

La recette pour réussir

SAVOIR FAIRE

Comment repérer les phrases avec un quantifieur

Souvent, les phrases contenant des quantifieurs sont introduites par *there is* ou *there are*.
Si le nom est indénombrable, on utilisera toujours la formule au singulier, alors que si le nom est dénombrable, on peut utiliser les deux formules.

ASTUCE DU CHEF

Commencez par repérer si le nom que vous souhaitez utiliser est dénombrable ou indénombrable. Ensuite, identifiez la quantité que vous voulez indiquer. Vous obtiendrez alors, en combinant ces deux éléments, le quantifieur adapté à ce que vous désirez exprimer.

À VOS FOURNEAUX – EXERCICES BREVET

1 Complétez les phrases en utilisant *a lot of*, *many* ou *much*.

1. Were there .... guests at Rose's party?
2. There are .... sequoias in this park.
3. Do they spend .... time playing football?
4. I don't take .... sugar in my tea.
5. My grandma has got .... hamsters.
6. Do they need .... time to paint the room?
7. Sorry, I haven't got .... money for you.
8. Are there .... things to buy?
9. There are .... questions he can't answer.
10. Did you visit .... countries?
11. I usually eat .... vegetables.
12. There weren't .... people at the bus stop.

2 Complétez les phrases en utilisant *a little* ou *a few*.

1. We will come back in .... days.
2. There is .... traffic here.
3. Would you like some juice? Just .... please.
4. There are only .... biscuits left.
5. Can I have .... pepper, please?
6. Would you like .... water?
7. There were .... taxis in front of the station.
8. Put .... salt and mix the ingredients.
9. The bottle was not empty, ... water was left.
10. .... students can answer the questions.
11. The weather was bad, but .... people came.
12. It's winter, but we still have .... flowers in the garden.

▶ Corrigés en fin d'ouvrage

L'infinitif

25

Les ingrédients

Les deux formes de l'infinitif

To + base verbale	Base verbale
Exemple : *to play, to understand.*	**Exemple :** *play, understand.*

L'INFINITIF *TO* + BASE VERBALE

- Certains verbes, tels que *want, hope, prefer, would like, expect, wish*, qui expriment une **volonté**, un **souhait** ou un **désir**, sont suivis de ***to* + base verbale**.

Exemples : *I would like* ***to eat*** *chocolate cake.*
She hopes ***to see*** *the Queen.*

- L'infinitif peut être **précédé d'un sujet** et **suivi d'un complément** derrière certains verbes tels que *advise, teach, tell, ask, want…*

Exemples : *Peter wants his daughter* ***to become*** *a doctor.* → Peter veut que sa fille (sujet) devienne un médecin.
We expect her ***to see*** *this film again.* → Nous nous attendons à ce qu'elle (sujet) voie ce film à nouveau.

L'INFINITIF BASE VERBALE

- L'infinitif peut également se construire sans le *to*. Dans ce cas, on garde la **base verbale** que l'on **ne conjugue pas**. On trouve ce type d'infinitif derrière les verbes comme *make, let, see, hear…*

Exemples : *My mum made me* ***do*** *my homework.*
My father let me ***drive*** *his car.*
We saw her ***laugh*** *at Yuri's joke.*
We heard the teacher ***shout*** *at Aaron.*

- Les expressions comme ***had better*** (devoir) et ***would rather*** (préférer) sont également suivies d'un infinitif sans *to*.

Exemples : *You had better* ***do*** *your homework.*
She would rather ***watch*** *TV than* ***go*** *to bed.*

La recette pour réussir

SAVOIR FAIRE

Comment utiliser l'infinitif dans une question

Pour poser une question, la règle ne change pas : on utilise la base verbale avec *to* derrière les verbes de souhait, et sans le *to* derrière les expressions vues précédemment.

Exemples : *Did she want to go to the cinema? Did she see her mother bake the cake?*

ASTUCE DU CHEF

Attention, *for* n'est jamais suivi d'un infinitif.

Retenez les formules suivantes : ***to* + infinitif** et ***for* + nom**. Ainsi, on dira, par exemple, *to cry* et non pas *for cry*.

À VOS FOURNEAUX – EXERCICES BREVET

1 Reconstituez les phrases suivantes.

1. to – horse – doesn't – me – want – his – ride – he – .
2. us – to – would – like – you – with – you – work – .
3. to – expect – answer – him – didn't – back – I – .
4. do – the – exercise – them – she – did – again – make – ?
5. let – their – watch – why – children – do – that – Jones – the – ?

2 Complétez les phrases avec l'infinitif du verbe.

1. He told me .... (try) .... (come) early.
2. I advised him .... (ask) the bus conductor .... (tell) him where .... (get) off.
3. A: Did you remember .... (give) him the money?
B: No, I didn't. I still have it in my pocket; but I'll .... (see) him tonight.
4. I saw the plane .... (crash) into the hill and .... (burst) into flames.
5. He is said .... (be) the best surgeon in the country.
6. We don't want anybody .... (know) we are here.
7. A: Why didn't you pay the bill for him?
B: I offered .... (pay), but he refused.
8. A: Do the boys tidy their own rooms?
B: They are supposed .... (tidy), but they don't always.
9. I hope the children won't go near the water. I warned them .... (not/go) near it.
10. Try .... (forget) it; it's not worth it.

▶ Corrigés en fin d'ouvrage

Les mots interrogatifs 28

Les ingrédients

POSER UNE QUESTION

- Comme leur nom l'indique, les **mots interrogatifs**, aussi appelés **pronoms interrogatifs**, permettent de poser des questions.

Il existe deux types de questions

Les questions fermées	Les questions ouvertes
Je réponds par oui ou par non.	Je réponds autre chose que oui ou non.

- Pour poser une question, on respecte toujours la formule suivante :

auxiliaire + sujet + verbe.

LES QUESTIONS FERMÉES

Les questions fermées commencent par l'auxiliaire ***be***, ***have*** ou ***do***.

Exemples : ***Have*** *you got a brother?* ***Do*** *you like sushi?* ***Are*** *you tired?*

LES QUESTIONS OUVERTES

- Pour poser une question ouverte, il faut ajouter un mot interrogatif (ils commencent souvent par « *wh-* »). La question se construit donc de la manière suivante :

mot interrogatif + auxiliaire + sujet + verbe ?

Les mots interrogatifs

Who	Where	What	When	Why	How	Whose	Which
Qui	Où	Que/ Quel	Quand	Pourquoi	Comment	À qui	Lequel

Exemples : ***Where*** *do you come from?* ***How*** *old are you?* ***When*** *are you going to Spain?*

- Il existe aussi les mots interrogatifs dérivés de ***how***, tels que ***how much*** et ***how many*** (combien). Mais ils ne changent en rien la construction de la phrase.

La recette pour réussir

SAVOIR FAIRE

Comment poser une question

• Une question comporte toujours un **auxiliaire**.
En anglais, il en existe trois : *do*, *be* et *have*.

• Il faut ensuite formuler une question ouverte ou une question fermée en fonction de ce que l'on souhaite exprimer.

ASTUCE DU CHEF

Derrière un auxiliaire, le verbe est toujours à l'infinitif. C'est **l'auxiliaire qui porte la marque du temps** et de la personne.
On ne peut donc pas mettre de *s* au verbe, ni de *ed*.
Ainsi, si vous voulez poser une question (ouverte ou fermée) au prétérit, vous devez conjuguer l'auxiliaire au prétérit.
Exemples : *Where did you go on holidays last summer? Did you enjoy the film?*

À VOS FOURNEAUX – EXERCICES BREVET

1 Associez les questions et les réponses.

1. What is it? •
2. Who is she? •
3. How do you like your school? •
4. Where is the bank? •
5. When is the next holiday? •
6. Where do you live? •
7. What is he like? •
8. Who do you work with? •

• a. It's downtown.
• b. He's tall and very friendly.
• c. It's a present for you!
• d. It's on October 12th.
• e. I work with Diego and Juliet.
• f. I love it!
• g. She's my grandmother.
• h. I live in Brazil.

2 Complétez les phrases avec le bon mot interrogatif.

1. .... is she? She is my cousin.
2. .... is it? It's five to three.
3. .... are they? They are in the school bus.
4. .... is it? It's a famous museum.
5. .... is Christmas? It's on December 25th.
6. .... is he? He is nine years old.
7. .... are they? They are best friends.

3 Traduisez les questions suivantes.

1. À quelle heure arrive le train ?
2. Où puis-je acheter du lait, s'il vous plaît ?
3. Que fait ton frère en ce moment ?
4. Quel âge a ton père ?
5. Quel tee-shirt préfères-tu ? Le rouge ou le bleu ?

▶ Corrigés en fin d'ouvrage

Les subordonnées en *if*

29

Les ingrédients

LES SUBORDONNÉES EN *IF*

- Les subordonnées en *if* (ou ***if clauses*** en anglais) sont des phrases qui permettent de dire que **quelque chose pourrait ou aurait pu se produire**.
- Elles sont composées de **deux propositions** : une **proposition principale** qui explique ce qui pourrait se passer si la condition était remplie, et une **proposition subordonnée**, introduite par la conjonction *if*, qui indique la condition à remplir.

L'anglais a tendance à placer la proposition principale **à la fin de la phrase**, mais il est aussi possible de choisir de commencer par celle-ci.

LES QUATRE TYPES DE CONDITIONNEL

- Le **conditionnel zéro** : lorsque la condition est remplie, la proposition principale se réalise toujours. On l'utilise pour parler de **vérités générales** ou **d'habitudes**. Ici, la proposition subordonnée et la proposition principale sont au **présent simple**.
Exemple : *If you **go** out in the rain, you **need** to bring an umbrella.* → Il est certain que si tu sors sous la pluie, tu as besoin de prendre un parapluie.
- Le **conditionnel de type 1**, un peu **moins certain que le conditionnel zéro** : la réalisation de la proposition principale dépend de certaines conditions. Pour le construire, on utilise le **présent simple** pour la proposition subordonnée, et ***will*** pour la proposition principale.
Exemple : *If you **study** enough, you **will** get a good mark.* → Si tu travailles suffisamment, tu auras une bonne note. C'est un peu moins certain, mais si la condition de travailler est remplie alors tu auras une bonne note.
- Le **conditionnel de type 2**, aussi appelé **irréel du présent**, désigne une **condition qui n'est pas réalisable dans le présent** et qui a peu de chances de se réaliser dans le futur. Pour le construire, on utilise le **prétérit simple** pour la proposition subordonnée, et ***would*** pour la proposition principale.
Exemple : *If I **were** you, I **would** start studying for the test.* → Si j'étais toi, je commencerais à reviser pour le contrôle. Il y a peu de chance que l'on devienne la personne, c'est alors irréel.
- Le **conditionnel de type 3**, aussi appelé **irréel du passé**, sert à parler de quelque chose qui aurait pu se réaliser si la condition avait été remplie. Pour le construire, on utilise le ***past perfect*** pour la proposition subordonnée, et ***would have* + participe passé** pour la proposition principale.
Exemple : *If I **had been** taller, I **would have been** a basketball player.* → Si j'avais été plus grand, j'aurais été basketteur. Je ne suis pas plus grand, je ne grandirai plus, je ne serai donc jamais basketteur.

La recette pour réussir

SAVOIR FAIRE

Comment choisir le bon conditionnel

Avant de construire une phrase, il faut d'abord se demander si la condition est **réalisable**, **moyennement réalisable** ou **totalement irréalisable**. Puis choisir ensuite le type de conditionnel qui convient et construire sa phrase en respectant bien les temps grammaticaux.

ASTUCES DU CHEF

- Au sein d'une même phrase, faites attention à **ne pas mélanger les types de conditionnel** : si vous commencez au conditionnel zéro, alors respectez bien le temps pour ne pas mélanger deux conditionnels.
- Au conditionnel on dit *If I were*, c'est la marque de la condition.

À VOS FOURNEAUX – EXERCICES BREVET

1 Complétez les phrases avec la bonne forme du verbe.

1. I don't think she's worried about us. If she .... (be) worried, she .... (phone) or something.
2. I have an appointment at 3.30 tomorrow. If I .... (manage) to finish before 4.30, I .... (do) the shopping on my way back.
3. Livio missed his flight. He .... (get) to the airport on time if he .... (not oversleep).
4. If I .... (have) such a large house as yours, I (invite) .... all my friends for the weekend.
5. If the child .... (not be playing) with matches, he .... (not burn) himself. Now he's in hospital.

2 Pour chaque phrase, choisissez la bonne option.

1. If we **take/will take** a taxi, we **will arrive/arrived** sooner.
2. You **wouldn't get/didn't get** wet if you **would have worn/were wearing** a coat.
3. If our team **had scored/scored** more goals, it **had won/would have won**.
4. I **had given/would have given** you the news if you **phoned/had phoned** me yesterday.
5. If you **took/would have taken** more exercise, you **might feel/had felt** better.

3 Corrigez les erreurs.

1. If you'd be more sensible, you didn't think about such stupid things.
2. Unless I don't have any problem, I won't bother you.
3. Will you help me if you can?
4. I'd have bought her a present if she invited me to her birthday party.
5. Nobody had noticed if you left the party before the others.

▶ Corrigés en fin d'ouvrage

Les *question tags*

30

Les ingrédients

LES *QUESTION TAGS*

- Les *question tags* sont des **questions courtes** que l'on place **en fin de phrase** afin d'obtenir la confirmation de ce que l'on vient de dire, ou pour poser une vraie question dont on ne connaît pas la réponse.

Exemples : *You like chocolate, **don't you**?* → On pose une vraie question.
*You are French, **aren't you**?* → On demande confirmation.

- Les *question tags* sont **toujours séparés** de la première partie de la phrase par une **virgule**.

COMMENT LES CONSTRUIRE

- Les *question tags* respectent la formulation des questions, c'est-à-dire qu'ils sont composés d'un **auxiliaire suivi d'un sujet** qui est **identique au sujet** de la première partie de la phrase.
- On peut employer les trois auxiliaires classiques de l'anglais : ***do***, ***be*** et ***have***. On emploie *be* dans le *question tag* lorsque l'auxiliaire *be* est conjugué dans la première partie de la phrase. Il en est de même pour *have*. Dans tous les autres cas, on emploie *do*.
- Attention, il faut conjuguer l'**auxiliaire** à la **bonne personne** et au **bon temps**.

Si dans la première partie de la phrase, le verbe est au présent… → **… alors, dans le *question tag*, l'auxiliaire est au présent.**
*She **is** English, **isn't** she?*

Si dans la première partie de la phrase, le verbe est au prétérit… → **… alors, dans le *question tag*, l'auxiliaire est au prétérit.**
*You **went** to school today, **didn't** you?*

Si dans la première partie de la phrase, le verbe est au futur… → **… alors, dans le *question tag*, l'auxiliaire est au futur.**
*John **will** read this book, **won't** he?*

- Lorsque la **phrase** est à la **forme affirmative**, le ***question tag*** est à la **forme négative** et lorsque la **phrase** est à la **forme négative**, le ***question tag*** est à la **forme affirmative**.

Exemples : *You **have** a dog, **don't** you? He **doesn't go** to the same school as you, **does** he?*

La recette pour réussir

SAVOIR FAIRE

Comment bien utiliser les *questions tags*

- Il faut commencer par analyser la première partie de la phrase afin de savoir quel auxiliaire employer, à quel temps et à quelle personne.
- Il est aussi possible d'utiliser des modaux comme *can* et *will* car ce sont aussi des auxiliaires (d'ailleurs bien souvent, nous les appelons des auxiliaires modaux).

ASTUCES DU CHEF

- N'oubliez pas que lorsque l'on se sert des *question tags* à l'oral, il est indispensable que l'intonation de votre voix monte.
- Au lieu de dire *Am I not*, l'anglais préfère l'emploi de *aren't I* dans la deuxième partie des *question tags*.

À VOS FOURNEAUX – EXERCICES BREVET

1 Choisissez le bon *question tag*.

1. He is your friend, **aren't/isn't/didn't** he?
2. She was in London, **won't/weren't/wasn't** she?
3. His father drives a car, **don't/won't/doesn't** he?
4. You can play the guitar, **couldn't/can't/can** you?
5. Liz won't come, **is/doesn't/will** she?

2 Complétez les phrases.

1. They are coming to the party, ...?
2. Emma doesn't like cooking, ...?
3. You are on duty, ...?
4. Abel hasn't got a dog, ...?
5. Sven is only twelve, ...?

3 Complétez les phrases.

1. Elijah .... (invite) you to his birthday party, didn't he?
2. Liu .... (make) a cake for you, won't she?
3. The girls .... (love) skiing, don't they?
4. I .... (be) good at playing chess, aren't I?
5. She .... (know) who was the thief, did she?

▶ Corrigés en fin d'ouvrage

VOCABULARY

Reunion: *retrouvailles.* **Meeting:** *reunion.* **Souvenir:** *souvenir (objet).* **Memory:** *souvenir.* **To suggest:** *proposer.* **To propose:** *demander en mariage.* **Surname:** *nom de famille.* **Nickname:** *surnom.* **To assist:** *aider.* **To attend:** *assister à.* **Additionally:** *de plus.* **Anyhow:** *de toute façon.* **Anyway:** *de toute manière.* **In no case:** *en aucun cas.*

Les pronoms personnels et possessifs

32

Les ingrédients

LES PRONOMS

Personnes	Pronoms personnels sujets	Pronoms personnels compléments	Pronoms possessifs sujets	Pronoms possessifs
1re pers. sing	I	me	my	mine
2e pers. sing.	you	you	your	yours
3e pers. sing. (masc.)	he	him	his	his
3e pers. sing. (fém.)	she	her	her	hers
3e pers. sing. (neutre.)	it	it	its	its
1re pers. plur.	we	us	our	ours
2e pers. plur.	you	you	your	yours
3e pers. plur.	they	them	their	theirs

LES PRONOMS PERSONNELS

- Les pronoms personnels peuvent être **sujets** ou **compléments** (COD).
- Les **pronoms personnels sujets** (fonction grammaticale : **sujet de la phrase**) se placent en début de phrase et donnent une indication sur la personne concernée.
Exemples : ***I*** *have a dog.* ***They*** *are going to school.*
- Les **pronoms personnels compléments** sont précédés d'une préposition, comme *at*, *about*, etc.
Exemple : *What do you know about* ***them****?*

LES PRONOMS POSSESSIFS

- Les **pronoms possessifs** indiquent **un lien** entre **la personne qui possède l'objet** et **l'objet possédé**. Ils sont placés devant le nom qui est souvent l'objet possédé.
- Attention, il est important de faire la différence entre les **pronoms personnels possessifs sujets** et **les pronoms possessifs simples**. Pour cela, il faut repérer s'il y a un nom commun qui suit le pronom. Si c'est le cas, le **pronom possessif** est **sujet**, s'il remplace un nom et que par conséquent il n'y a pas d'autre nom dans la phrase, alors il est **simplement possessif**.
- Attention, les pronoms possessifs *he*, *she* et *it* s'accordent en fonction de la personne qui possède l'objet. Si cette personne est **masculine**, on emploie ***his***. Si la personne est **féminine**, on emploie ***her***. Si la personne qui possède est un **animal**, une **plante** ou un **objet**, alors on emploie ***its***.
Exemple : *His parents are both very tall.* → Ses parents sont tous deux très grands.

La recette pour réussir

SAVOIR FAIRE

Tutoiement et vouvoiement

En anglais, on utilise le même pronom personnel et possessif pour dire « tu » et « vous ». Il n'y a pas de tutoiement, la différence se fait grâce au contexte de la phrase.

ASTUCE DU CHEF

Pour savoir s'il faut choisir un pronom possessif simple ou sujet, demandez-vous si c'est la personne qui fait l'action.

À VOS FOURNEAUX – EXERCICES BREVET

1 Associez à la personne le pronom personnel qui correspond.

1. Carmen → ....
2. Nadir → ....
3. Mr. White → ....
4. Teeth → ....
5. School → ....
6. You and Adam → ....
7. My brother and I → ....
8. Elephants → ....
9. Cat → ....
10. Sarah and Wilfrid → ....

2 En vous aidant des pronoms entre parenthèses, complétez les phrases avec un pronom possessif.

1. .... brother is 6 years old. (I)
2. .... house is big. (They)
3. .... bicycle is new. (You)
4. .... dog is very clever. (She)
5. .... hair is red. (He)
6. .... flat is small. (We)

3 Entourez le bon pronom.

1. This is our/they car.
2. Frank is he/my friend.
3. Ann is she/her daughter.
4. They/Their cousins live in France.
5. Erwan is he/his classmate.
6. Penny is Jill's cat. It's they/her cat.
7. Our/It country house is old.
8. This is his/she bicycle.

▶ Corrigés en fin d'ouvrage

Méthode : rendre compte d'un enregistrement

33

Les ingrédients

LA COMPRÉHENSION ORALE

- Avant de se lancer dans la compréhension orale, il est important de lire attentivement le titre de l'extrait car il peut déjà donner quelques indices sur le contenu du texte.

Exemple : *A day at the beach* → On sait que quelqu'un va parler d'une journée à la plage, peut-être des activités que la personne a pu faire, etc.

- Souvent, les compréhensions orales se passent en trois temps. C'est-à-dire qu'il y a trois écoutes, chacune espacée d'une minute. Certains professeurs peuvent ensuite choisir de faire rédiger un court paragraphe en français, pour s'assurer de la bonne compréhension du document, ou en anglais, ce qui permet de faire la correction avec le reste de la classe. Quelle que soit la méthode, les trois temps restent les mêmes.

COMMENT ORGANISER SES ÉCOUTES

Première écoute → Identifier le nombre de personnes qui parlent, le lieu où se déroule la scène, le sujet principal du document, et commencer à noter certains détails sur une feuille.

Deuxième écoute → Prendre des notes en séparant bien ce que dit chaque personne. Il peut être utile de réaliser un tableau avec le nom des personnes et d'y inscrire en dessous tout ce que l'on a compris concernant cette personne ou ce thème.

Troisième écoute → S'attacher aux détails : relever les dates, les chiffres, les pourcentages, etc. Compléter ses notes en notant un maximum de détails.

RÉDIGER LE COMPTE RENDU (EN ANGLAIS OU EN FRANÇAIS)

- Pour rédiger le compte rendu, il est possible de procéder de deux façons différentes : soit en faisant un **compte rendu chronologique** (c'est-à-dire qu'il va suivre l'ordre dans lequel vous avez entendu les informations), soit en faisant un **compte rendu thématique** (si certains thèmes sont abordés plusieurs fois par des personnes ayant des points de vue différents, il sera préférable d'utiliser ce mode de fonctionnement plutôt que le compte rendu chronologique).

- Dans un premier temps, parler du nombre de personnes qui prennent la parole dans l'enregistrement, de la nature du document (si on a entendu le nom d'une chaîne de télévision ou de radio) et du thème principal.

- Ensuite, détailler les propos en s'aidant de ses notes. Il faut toujours partir d'un postulat et continuer en donnant un exemple.
- Une fois cette étape réalisée, donner un maximum de détails en se rapportant toujours au thème principal du document. Le but est de montrer que l'on a compris la majorité sinon l'intégralité du document. Il faut alors faire le tri entre les exemples et idées qui peuvent être utiles au développement et celles qui ne le sont pas.
- Conclure en réutilisant la conclusion entendue dans le document, mais en employant ses propres mots pour la reformuler. Elle doit tenir en une phrase.
- En totalité, le compte rendu doit faire environ quinze lignes.

La recette pour réussir

À VOS FOURNEAUX – EXERCICES BREVET

1 **Écoutez l'extrait suivant tiré de *The tale of Peter Rabbit* de Beatrix Potter et répondez aux questions suivantes.**

1. How many rabbits are in this tale?
2. Why is Peter different from his brothers and sisters?
3. Who did Peter see in the garden?
4. Why are they not allowed to go in the garden?
5. Where did Peter hide to escape from M. McGregor?
6. Why was Peter damp?

2 **Écoutez l'extrait suivant tiré d'*Oliver Twist* de Charles Dickens et répondez aux questions suivantes.**

1. Who is the main character?
2. What do the boys eat?
3. Why does the master want to hit Oliver?
4. Summarize the extract.

3 **Écoutez l'extrait suivant tiré d'*Alice in Wonderland* de Lewis Carroll et répondez aux questions suivantes.**

1. Who are the characters that are mentioned?
2. Where are they?
3. Why is Alice angry at the end?
4. Summarize the extract.

▶ Corrigés en fin d'ouvrage

Le cas possessif

35

Les ingrédients

Le cas possessif sert à dire **à qui appartient un objet**.

FORMER LE CAS POSSESSIF

- Dans le **cas d'un possesseur unique**, on ajoute *'s* au **possesseur** afin d'indiquer la possession, et on supprime l'article devant le possédé.

Possesseur + *'s* + Objet possédé

Exemple : *Tom's coat.* → Le manteau de Tom.

- Le cas possessif **s'attache toujours à la personne à qui appartient l'objet** et non à l'objet en lui-même. Pour reprendre l'exemple précédent, on ne peut pas dire « *the coat of Tom* ».
- Dans le cas d'un **possesseur multiple**, c'est-à-dire quand une chose appartient à plusieurs personnes, on ne fait porter la **marque du possessif** (*'s*) **qu'à la deuxième personne**.

Exemple : *Jane and Carl's cousin.* → Jane et Carl ont le même cousin, on ne fait donc porter la marque du possessif qu'à la deuxième personne.

Mais, si on dit « *Jane's and Carl's* cousin », on comprendra alors que chacun a un cousin différent.

- Si le nom est au pluriel et qu'il se termine déjà par un *s*, alors on ajoute seulement l'apostrophe pour marquer la possession.

Exemple : *The grandparents' house.*

Attention, si le mot au pluriel ne se termine pas par un *s*, alors on utilise *'s* pour indiquer la possession. Ex. : *Children's cat.*

- En revanche, si c'est un nom propre comme « James », « Paris » ou « the Jones », alors on peut utiliser le *'s* pour indiquer la possession.

Exemple : *James's coat.*

CAS PARTICULIERS

- Il existe aussi le cas possessif que l'on appelle **elliptique**, c'est-à-dire que l'on n'ajoute pas le nom de l'objet possédé derrière le possesseur.

Exemple : *It's not Tom's coat it's Jack's.* → Je n'ai pas besoin de répéter le mot « *coat* » une deuxième fois car je l'ai déjà mentionné et je fais référence au même objet.

- C'est également le cas pour les **noms de commerces** : *the butcher's, the baker's, the fishmonger's, the carpenter's, the shoemaker's*, etc.

La recette pour réussir

SAVOIR FAIRE

Le cas possessif elliptique

• Souvent, l'anglais fait l'ellipse pour les monuments connus.

Exemple : St Paul's → St Paul's Cathedral.

• On utilise également le cas possessif elliptique lorsque l'on souhaite désigner chez qui l'on a été invité.

Exemple : *I went to the Mason's yesterday.*

→ Je n'ai pas besoin d'ajouter *house*, le cas possessif suffit.

ASTUCE DU CHEF

Commencez par identifier si le possesseur est singulier ou pluriel, afin de déterminer si vous devez utiliser *'s* ou simplement l'apostrophe.

À VOS FOURNEAUX – EXERCICES BREVET

Choisissez le cas possessif qui convient.

1. Today is a great day at the **Mason's/Mason house/Masons'**.

2. It's **the birthday of Irina/Irina birthday/Irina's birthday**.

3. Dad goes to **the neighbour house/neighbour/neighbour's**. The neighbour isn't at home.

4. Dad has to drive to **the grocer's/grocershop/grocer** to buy some flour.

5. Irina, who is looking out of the window, cries out: "Mum, I can see **Aunt Lenas's and Uncle John's/Aunt Lena and Uncle John's/Aunt Lena and Uncle John** car in the street".

6. Aunt Lena is **the sister of Mum/Mum's sister/Mum sister's**.

7. Here are **Irina's and Davon's/Irina's and Davon/Irina and Davon's** presents.

8. Aunt Lena is a nice person, she knows that Davon will be pleased to receive a little gift even if it isn't his birthday but his **sister birthday/sisters/sister's**.

9. Davon, Irina and their cousin Mark go upstairs into **the children's room/room of the children/children room**.

10. When Mum looks for the children she finds them in the **parent's room/parents' room/room of the parents**.

▶ Corrigés en fin d'ouvrage

VOCABULARY

To pretend: *faire semblant.* **To claim:** *prétendre.* **Library:** *bibliothèque.* **Bookshop:** *librairie.* **College:** *université.* **Secondary school:** *collège.* **Price:** *prix.* **Prize:** *récompense.* **Phrase:** *groupe de mots.* **Sentence:** *phrase.*

CORRIGÉS

FICHE 1

❶ 1. I ride my bike at the park every day. – 2. She doesn't have a dog but she has a cat. – 3. My sister speaks French very well. – 4. The teacher gives the class some homework. – 5. They love playing soccer.

❷ 1. I don't like to speak to Tom. – 2. He doesn't drive his car to work every Monday. – 3. We don't enjoy going to the cinema on weekdays. – 4. You don't play the violin very well. – 5. They don't join the group after school.

❸ 1. Do you go to the pool after class? – 2. Does she like Paul? – 3. Does he play rugby with his friends? – 4. Does the cat eat all his food? – 5. Does school start at eight o'clock?

FICHE 2

❶ 1. My sister is playing with her friend. – 2. This man is walking his dog. – 3. I am going grocery shopping in an hour. – 4. Why are you crying? – 5. Tomorrow evening, I'm watching the match on television.

❷ 1. Kate is cooking a turkey for dinner tonight. – 2. The boys are watching TV at the moment. – 3. The children are eating candy. – 4. Mary isn't sleeping. – 5. The dog isn't barking.

❸ 1. My sister is not eating lunch. – 2. I am going to school right now. – 3. Are you being serious at the moment? – 4. When are you arriving at the train station? – 5. The children are playing and enjoying the summer weather.

FICHE 3

❶ 1. washed up – 2. rained – 3. told – 4. ate – 5. made.

❷ 1. What pets did you have? – 2. What did your sister do all day? – 3. What did you do on Saturday? – 4. Why couldn't you go out? – 5. How was your holiday?

❸ 1. Clare didn't play tennis this weekend. – 2. Dan didn't wash his car on Saturday. – 3. Did Kate finish her homework? – 4. Did Marta wait for the bus? – 5. Dorothy didn't invite me to her birthday party.

FICHE 4

❶ 1. I arrived at school when the bell was ringing. – 2. My cat was eating when I caught him. – 3. The robbers were running when the policemen arrested them. – 4. They were swimming when John fell in the water. – 5. We were talking when the dog bit Jane.

❷ 1. I was studying Science for my test. – 2. He wasn't doing his homework. – 3. They weren't playing rugby because they think is boring. – 4. Were they listening to music when you opened the door? – 5. She was going to the cinema, but her friends didn't come.

❸ It was a rainy day of November. We came from school at 2 o'clock. We weren't very hungry but we were too cold. While we were walking with my umbrella, we found a coin. It wasn't a normal coin, it was a strange coin. What should we do? Maybe, we had to put the coin where we found it. We did this. But we were walking on the street when a tall man asked us for the coin. So, we told him that the coin was at the beginning of the street.

FICHE 5

❶ 1. The train has stopped. – 2. She hasn't packed her cases yet. – 3. She has taken some photos. – 4. Sally hasn't arrived yet. – 5. I've never spoken to your mother.

❷ 1. She has gone to the supermarket. – 2. So far this month I have seen three films. – 3. I haven't had my lunch yet. – 4. I haven't seen Helen yet today. – 5. Our football team has won all its matches so far this year.

❸ 1. Have you chosen a new phone? – 2. I have booked my flight to London. – 3. He has recorded a new song. – 4. Have you already been to Paris? – 5. I have never driven a car.

FICHE 6

❶ 1. Somebody has broken that window. – 2. Have you been working hard? – 3. Have you ever worked in a factory? – 4. No, it has stopped. – 5. I've been reading the book you lent me but I have not finished it yet.

❷ 1. How long have you been learning Arabic? – 2. How long has she been waiting for you? – 3. Have you caught any fish? – 4. How many people have you invited to your party? – 5. How long has she been teaching?

❸ 1. known – 2. been seeing – 3. forgotten – 4. been crying – 5. been living.

FICHE 7

❶ 1. She soon realized that she had spent all her money. – 2. He was tired because he hadn't eaten anything since the morning. – **3.** When all the guests had left I started tidying. – **4.** As soon as Jack had eaten his ice-cream, he went to buy another one. – **5.** The police never found out where the thief had hidden all the money.

2 **1.** The fire had already reached the roof by the time the firemen arrived. – **2.** John went to prison because he had stolen a lot of money. – **3.** Helen went to bed after she had watched her favourite TV program. – **4.** My father bought the new car after he had tried it a few times. – **5.** By the time Sonia got to the party, everyone had begun dancing.

3 **1.** When Pierre arrived at the airport the plane had left. – **2.** When I switched on the TV the program had started. – **3.** The thief ran away when he had stolen all the money from the cash register. – **4.** When Peter invited me to the party I had accepted to go with someone else. – **5.** When I got to the concert hall, the show had begun.

FICHE 8

1 **1.** Laura needed a break because she had been studying for three hours. – **2.** James had been learning English for three years before he moved to London. – **3.** I didn't go out last night because I had been working all day. – **4.** Carla felt ready for the marathon because she had been training all year. – **5.** We had been going out with each other for two years before I met his family.

2 **1.** *Past perfect* simple – **2.** *Past perfect simple* – **3.** *Past perfect be + -ing* – **4.** *Past perfect be + -ing* – **5.** *Past perfect be + -ing.*

3 **1.** Yes, I had visited the US with my parents in 2003. – **2.** Yes, I had been studying Spanish for two years. – **3.** I had visited London several times before. – **4.** They had been eating for over an hour before Carol arrived. – **5.** Brian had been studying English for six years.

FICHE 9

1. c. – **2.** c. – **3.** b.

FICHE 10

1 **1.** Coffee is grown in Brazil. – **2.** Patients are examined on the second floor. – **3.** The animals are fed twice a day. – **4.** The child was found in the park. – **5.** The glasses were broken with a stone.

2 **1.** Money isn't spent on magazines. – **2.** Lunch isn't made on Sundays. – **3.** Tomatoes weren't grown in his garden. – **4.** The planes weren't flown in the morning. – **5.** The song wasn't sung after the ceremony.

3 **1.** Who was the car driven by? – **2.** Where was the plane flown over? – **3.** Was the vase broken by the cat? – **4.** Was *Material Girl* sung by Madonna?

FICHE 11

1 **1.** She said Angela liked fashion magazines. – **2.** She said Charles was a wonderful person. – **3.** He said he was having a party the following day. – **4.** Nate said these were his favourite books. – **5.** They said they were having a great time.

2 **1.** Sally said she didn't like horror films. – **2.** Mary said she didn't go to school on foot. – **3.** She said Richard wasn't watching TV. – **4.** They said the fireplace wasn't working correctly. – **5.** Martha said he didn't take a bath every day.

3 **1.** She asked if Angela liked fashion magazines. – **2.** He asked where his suitcase was. – **3.** Ron asked if he/she enjoyed watching TV. – **4.** They asked why he/she wanted to work there. – **5.** You asked how she/he came to school.

FICHE 12

1. sensitive – **2.** loyal – **3.** selfish – **4.** strict – **5.** kind – **6.** clumsy – **7.** clever – **8.** shy – **9.** rude.

FICHE 13

1 **1.** He often listens to the radio. – **2.** They sometimes read a book. – **3.** Pete never gets angry. – **4.** Chloe is usually very friendly. – **5.** I sometimes take sugar in my coffee. – **6.** Ramon and Frank are often hungry. – **7.** My grandmother always goes for a walk in the evening. – **8.** Walter usually helps his father in the kitchen. – **9.** They never watch TV in the afternoon. – **10.** Christine never draws.

2 **1.** Ella usually reads the newspaper in the morning. – **2.** He is frequently late for class. – **3.** They are always happy. – **4.** Does she often help her mother? – **5.** Ann is generally in bed by 11.30. – **6.** Molly occasionally visits the museum. – **7.** You rarely study for the exam.

FICHE 14

1 **1.** the/the – **2.** ∅/the – **3.** ∅/a – **4.** ∅/an.

2 **1.** Lions are wild animals. – **2.** Stonehenge is an interesting site. It's also a unique site. – **3.** It will take us an hour to go to the mall. – **4.** Sherlock Holmes is a detective. – **5.** Oxford is a famous university.

3 **1.** the – **2.** ∅. – **3.** ∅.

FICHE 15

1 **1.** The book is more interesting than the film. – **2.** The dog is more affectionate than my cat. – **3.** The bus is bigger than the car. – **4.** This rose smells sweeter than yours. – **5.** He is happier than me.

2 **1.** She is as tall as her mother. – **2.** He is as intelligent as his brother. – **3.** John is as smart as his father. – **4.** A rose smells as good as a tulip. – **5.** This room is as comfortable as my bedroom.

3 **1.** My car is less small than my sister's/not as small as my sister's. – **2.** Today, the weather is less cold than yesterday/not as cold as yesterday. – **3.** I am less hungry than this morning/not as hungry as this morning. – **4.** We are less lucky than my grandmother/not as lucky as my grandmother.

FICHE 16

1 **1.** This is the best film I have ever seen. – **2.** My sister is the tallest girl in her class. – **3.** My cat is the meanest. – **4.** This lesson is the most difficult. – **5.** China is the most populated country.

2 **1.** The Internet is the **best** source of information. – **2.** My teacher is **the** nicest teacher in my school. – **3.** The train ride was **the longest** I have ever been on. – **4.** This book is the **worst** I have ever read. – **5.** My school is **the furthest** away from home.

FICHE 17

Joseph Mallord William Turner was an English Romantic painter who took special interest in the sea. This painting, titled *Snow Storm: Steam-Boat off a Harbour's* Mouth, was painted in 1842.

As we can see in this painting, the sea is agitated. We are in the middle of a storm. On the left, there is a giant wave ready to destroy the little boat in the middle. Turner uses the technique of watercolour, which gives his painting a blurry effect and accentuates the danger that the sea represents. In the centre of the painting, there is a unique touch of colour, brown and yellow, which could mean that the boat has already begun sinking and that it has caught on fire. However, we can also see a little piece of blue sky right behind the boat, which could symbolize hope for those who are on the boat. They may not be condemned to a certain death. He also uses the technique of the clair-obscure to highlight some elements of his painting while accentuating the darkness of the sea surrounding the boat. The only light in the painting comes from the colour blue behind the boat, and it's only thanks to that parcel of light that we can guess that there is a boat caught in the middle of a storm. Turner was always fascinated by the sea and that is why he chose to paint this sort of paintings.

FICHE 18

1. He is going to sneeze. – **2.** Do you think people will travel to the Moon again? – **3.** Tomorrow we are rehearsing a school play in the gym. – **4.** Tidy your room now or you will stay at home tonight. – **5.** I am going to make a shelf for my technology project. – **6.** It is going to crash if the driver doesn't slow down. – **7.** If I don't know the answer, I will ask my elder sister. – **8.** We are going to have a picnic next weekend. – **9.** I'm sure your parents won't scold you for getting a D on the maths exam. – **10.** Patrick is going to watch a carton film with his little sister. – **11.** Tonight, at 8 o'clock, my parents are going to go to the theatre with their friends. – **12.** She is going to cry. – **13.** Kevin will probably bring his sister to the party.

FICHE 19

1 **1.** You must walk the dog. – **2.** You must do your homework. – **3.** You mustn't cheat at your Maths test. – **4.** You can go to Sophie's party. – **5.** John can ride a bike.

2 **1.** must – **2.** must – **3.** don't have to – **4.** mustn't – **5.** must.

3 **1.** You mustn't talk during the test. – **2.** You don't have to bring food. – **3.** I have to finish this letter before midday. – **4.** You mustn't leave the classroom without permission. – **5.** You don't have to pay for the tickets. They are free.

FICHE 20

1. must – **2.** may – **3.** can't – **4.** must – **5.** should – **6.** mustn't – **7.** may – **8.** may – **9.** will – **10.** must.

FICHE 21

1

Noms dénombrables	Noms indénombrables
egg – tomato – flower – apple – dress – lemon – potato – carrot – cucumber – onion – plum – cup – berry – orange.	milk – fish – fruit – bread – snow – cake – juice – butter – salt – meat – rice – grapes – oil – sugar – coffee – tea – cheese – salad – chocolate – money.

2 1. There are three apples on the plate. – 2. I'd like to taste these cookies. – 3. Would you like these oranges? – 4. This cheese is too salty. – 5. How much water is there in the bottle? – 6. I usually drink milk in the morning.

3 1. These carrots are sweet. – 2. I don't like tea at all. – 3. I'd like to cut some pears for this salad. – 4. There is much water in this jar. – 5. How many sandwiches have you bought? – 6. You can take four potatoes from the basket.

FICHE 22

1 1. some – 2. any – 3. some – 4. any – 5. some – 6. any – 7. some.

2 1. any – 2. no – 3. any – 4. any – 5. no – 6. any – 7. any.

3 1. Who has any pencils? – 2. There is some butter on the table. – 3. I can't speak any foreign language. – 4. There are no trees there. – 5. I can buy you some juice. – 6. Mike hasn't got any camera. – 7. I'd like some pizza, please.

FICHE 23

1 1. many/a lot of – 2. many/a lot of – 3. much – 4. much/a lot of – 5. many – 6. a lot of/much – 7. much/a lot of – 8. many/a lot of – 9. many/a lot of – 10. a lot of/many – 11. a lot of – 12. many/a lot of.

2 1. a few – 2. a little – 3. a little – 4. a few – 5. a little – 6. a little – 7. a few – 8. a little – 9. a little – 10. A few – 11. a few – 12. a few.

FICHE 24

1 1. That car, which is red, is my brother's. – 2. I live in the house which is at the corner. – 3. Stephen, who is sixty-five, is still working. – 4. Those girls who are playing volleyball are my friends. – 5. That is the boy whose surname is the same as mine. – 6. Is this the computer which broke down? – 7. Is this the café where you met your boyfriend? – 8. This is the girl who shares the room with us. – 9. Is this the girl whose father is a doctor? – 10. I will never forget the day when I saw the Alps.

2 1. March was the month when I was born. – 2. Mar del Plata is the place where I used to go on holidays. – 3. This is my new shirt which I bought in the new shop. – 4. Here is the book which I told you about last week. – 5. This is Mrs Taylor, whose daughter works in my office.

3 1. which – 2. where – 3. whose – 4. who – 5. which.

FICHE 25

1 1. He doesn't want me to ride his horse. – 2. You would like us to work with you. – 3. I didn't expect him to answer back. – 4. Did she make them do the exercise again? – 5. Why do the Jones let their children watch that?

2 1. He told me to try to come early. – 2. I advised him to ask the bus conductor to tell him where to get off. – 3. **A:** Did you remember to give him the money? **B:** I still have it in my pocket, but I'll see him tonight. – 4. I saw the plane crash into the hill and burst into flames. – 5. He is said to be the best surgeon in the country. – 6. We don't want anybody to know we are here. – 7. I offered to pay but he refused. – 8. They are supposed to tidy, but they don't always. – 9. I warned them not to go near it. – 10. Try to forget it; it's not worth it.

FICHE 26

1 1. After she had decided to stay in Turkey, she got used to eating Turkish food. – 2. They seem to have plenty of money. – 3. I remember going to the cinema with my girlfriend when I was a teenager. – 4. He is ashamed of stealing that money.

2 1. Gordon dislikes having to get up early. – 2. Paul remembers asking Mary to come home. – 3. Jill can't avoid occasionally speaking Spanish. – 4. You risk having an accident if you drive that car. – 5. Jim stopped speaking French when Bob came in.

3 1. David is bored of studying. – 2. Eliott is keen on watching football. – 3. Ravi is interested in learning English. – 4. Sheila is responsible for keeping her own room tidy.

FICHE 27

1 1. Lily went to bed late yesterday, then she overslept this morning. – 2. My brother like ballet too. – 3. Supposing Paul arrives in ten minutes we still have a chance to see the show. – 4. Because the weather forecast predicted a lot of rain, we stayed at home instead of going to the beach. – 5. Unlike Jim, I don't like swimming every morning.

2 1. Despite helping Mary, she didn't thank me. – 2. The weather was terrible so we decided to stay at home. – 3. I'll send you a message if I am late for dinner. – 4. Ellie sings very well. Besides, she plays the piano beautifully. – 5. The meal was really salty, so nobody could finish it.

3 1. Mark is learning German in order to apply for a job in Germany. – 2. The football match was cancelled due to one of the goalkeepers being ill. – 3. The guests ate all the food although Carl doesn't cook very well. – 4. Since my car has just broken down, I'll have to buy a new one. – 5. Paula didn't get the job, although she had the right qualification.

FICHE 28

1 1. c. – 2. g. – 3. f. – 4. a. – 5. d. – 6. h. – 7. b. – 8. e.

2 1. Who – 2. What time – 3. Where – 4. What – 5. When – 6. How old – 7. Who.

3 1. When does the train arrive? – 2. Where can I buy (some) milk, please? – 3. What is your brother doing? – 4. How old is your father? – 5. Which tee-shirt do you prefer? The red one or the blue one?

FICHE 29

1 1. If she was worried, she would phone or something. – 2. If I manage to finish before 4.30, I will do the shopping on my way back. – 3. He would have got to the airport on time if he hadn't overslept. – 4. If I had such a large house as yours, I would invite all my friends for the weekend. – 5. If the child hadn't been playing with matches, he wouldn't have burnt himself.

2 1. take/will arrive – 2. wouldn't get/were wearing – 3. had scored/would have won – 4. would have given/had phoned – 5. took/might feel.

3 1. If you were more sensible, you wouldn't think about such stupid things. – 2. Unless I have a problem, I won't bother you. – 3. Would you help me if you can? – 4. I'd have bought her a present if she had invited me to her birthday party. – 5. Nobody would notice if you left the party before the others.

FICHE 30

1 1. isn't – 2. wasn't – 3. doesn't – 4. can't – 5. will.

2 1. aren't they? – 2. does she? – 3. aren't you? – 4. has he? – 5. isn't he?

3 1. Elijah invited you to his birthday party, didn't he? – 2. Liu will make a cake for you, won't she? – 3. The girls love skiing, don't they? – 4. I am good at playing chess, aren't I? – 5. She didn't know who was the thief, did she?

FICHE 31

1. since. – 2. for – 3. since. – 4. for – 5. since – 6. for – 7. since – 8. for – 9. ago – 10. for – 11. since – 12. ago – 13. for – 14. since – 15. for – 16. for – 17. since – 18. ago – 19. for – 20. since.

FICHE 32

1 1. She – 2. He – 3. He – 4. They – 5. It – 6. You – 7. We – 8. They – 9. It – 10. They.

2 1. My – 2. Their – 3. Your – 4. Her – 5. His – 6. Our.

3 1. our – 2. my – 3. her – 4. Their – 5. his – 6. her – 7. Our – 8. his.

FICHE 33

1 1. There are five rabbits in this tale, or six if you count Peter's deceased father.

2. Peter is different from his brothers and sisters because he is naughty.

3. Peter saw M. McGregor in the garden.

4. They are not allowed to go into the garden because Peter's father went in once and was caught and turned into a pie by Mrs. McGregor. So, it is dangerous for rabbits to go in there.

5. Peter hid in a watering can.

6. Peter is damp (or wet) because he was hiding in a watering can filled with water.

2 1. The main character is Oliver Twist

2. The boys mainly eat gruel but sometimes they get bread on special occasions.

3. The master wants to hit Oliver because he feels that he has disrespected him by asking for more food. It is something he is not allowed to do.

4. The extract describes the living conditions of the young orphans, one of which is Oliver Twist. We learn that the food they are served is

repulsive but they are so hungry, some of them even starving, that they have no other choice but to eat what is given to them, gruel. The staff serving them is extremely mean and hostile. One day, a boy says that he is so hungry that if he does not eat more he could devour another boy. So, they decide that one of the boys should ask for more food. Oliver Twist is chosen and he goes up to the master to ask for another serving. Immediately after doing that, he is smacked on the head by the master who has never seen such a rude little boy.

3 1. The characters mentioned are Alice, the Hatter, the March Hare and the Doormouse.

2. They are sitting around a table having a tea party.

3. Alice is angry because she has been called rude and because the other three characters keep making personal remarks about her.

4. The extract takes place during a tea party. There are three characters and Alice, the main character of the story. She sits down at the table and the Hatter, the March Hair and the Doormouse tell her that there is no space for her but there is. She sits down in a large armchair and is offered some wine while there is none on the table. The March Hare (a sort of rabbit) calls Alice rude for sitting down without being invited, while Alice finds all these characters rude for offering wine they don't have and making comments about her hair.

FICHE 34

1. When I was young, I used to play tennis five day a week. – 2. My children are used to watching TV after school. – 3. We used to have a boat but we sold it last year. – 4. My husband used to get up every day at 6 o'clock in the morning, but now he's retired so he doesn't have to. – 5. I've been living in France for a long time now so I am used to driving on the right. – 6. When my son was young, he used to be afraid of the dark so I had to leave the light on. – 7. When I was a humorist, I used to eat chocolate before a show. – 8. My daughter used to be afraid of spiders, but she doesn't mind them too much now. – 9. I used to swim but I gave it up last year. – 10. He wasn't used to speaking Italian before he went there to live. – 11. We used to go in the countryside every summer. – 12. I'm a chef so you can imagine, I'm used to cooking.

FICHE 35

1. Masons' – 2. Irina's birthday – 3. neighbour's – 4. grocer's – 5. Aunt Lena and Uncle John's – 6. Mum's sister – 7. Irina and Davon's – 8. sister's – 9. children's room – 10. parents' room.